PUBLIC LIBRARY DISTRICT OF COLUMB

HOMEWORK HELP,
PLUS!

This book belongs to:

Blanca's Feather

La pluma de Blanca

3 1172 04229 3795

Blanca's Feather

La pluma de Blanca

by/por **Antonio Hernández Madrigal**

illustrated by/ilustraciones de **Gerardo Suzán**

rising moon

To my sister, Sara, and her children, Paloma and Antonio Martin.

To Saint Francis of Assisi, who loved all animals great and small,
and to all his present followers.

A mi hermana, Sara, y a sus hijos, Paloma y Antonio Martin.

*A San Francisco de Asís, que amaba a todas las criaturas grandes y pequeñas,
y a sus actuales seguidores.*

—A. H. M.

Copyright © 2000 by Antonio Hernández Madrigal
Illustrations copyright © 2000 by Gerardo Suzán
All rights reserved.

This book may not be reproduced in whole or in part, by any means (with the exception
of short quotes for the purpose of review), without permission of the publisher. For infor-
mation, address Permissions, Rising Moon, P. O. Box 1389, Flagstaff, Arizona 86002-1389.

The text type was set in Giovanni
The display type was set in Cafe Mimi
Edited by Aimee Jackson
Designed by Jennifer Schaber
Spanish translation by Mario Lamo-Jiménez and Straight Line Editorial Development
Production supervised by Donna Boyd

Composed in the United States of America
Printed in Hong Kong

FIRST BILINGUAL IMPRESSION 2001
ISBN 0-87358-780-4 (sc)   ISBN 0-87358-806-1 (hc)

Library of Congress Cataloging-in-Publication Data
Madrigal, Antonio Hernández, date
  [Blanca's feather. English & Spanish]
  Blanca's feather / by Antonio Hernández Madrigal ; illustrated by Gerardo Suzán = La
pluma de Blanca / cuento por Antonio Hernández Madrigal ; ilustraciones, Gerardo Suzán.
    p. cm.
  Summary: When Rosalía can't find her hen Blanca in time for the annual blessing of the
animals on the Feast of St. Francis, she finds a way around the problem and receives a
surprise besides.
  [1. Benediction—Fiction. 2. Chickens—Fiction. 3. Christian life—Fiction. 4. Spanish lan-
guage materials—Bilingual.] I. Title: La pluma de Blanca. II. Suzán, Gerardo, 1962-ill. III. Title

PZ73.M2193 2001
[E]—dc21   00-045804

Author's Note

Every year on October fourth, Saint Francis of Assisi's Day, the blessing of the animals is celebrated in Mexico and many other countries, including the United States. Men, women, and children parade to the local church bringing their new-born farm animals and pets decorated with garlands of fresh flowers.

This traditional blessing of the animals dates back to the twelfth century. It is believed to have been inspired by Saint Francis of Assisi, who cared for and loved all animals as brothers and sisters, whether they were domestic, wild, large, or small. According to the belief, the blessing will protect the animals from disease and predators.

Nota del autor

El día de San Francisco de Asís se celebra el cuatro de octubre en México y en muchos otros países, incluyendo los Estados Unidos. Niños y adultos llevan en romería a la iglesia local sus mascotas y sus animales de granja recién nacidos adornados con guirnaldas de flores frescas.

Esta bendición tradicional de los animales se remonta al siglo XII. Se cree que fue inspirada por San Francisco de Asís, que cuidaba y amaba a todos los animales como si fueran sus hermanos, ya fueran domésticos, salvajes, grandes o pequeños. Según la creencia, la bendición protege a los animales de las enfermedades y los depredadores.

Rosalía rushed to the barn as the sun sank behind the mountain. She tossed a handful of corn in the air for her hen, Blanca. While Blanca ate the kernels of corn one by one, Rosalía began to think about the next day, the Day of Saint Francis of Assisi. Everyone in the valley was planning to take their farm animals and pets to the chapel for the yearly blessing. Rosalía couldn't wait to take Blanca to the chapel. The blessing would protect Blanca from the spirits of disease and from falling prey to coyotes and wolves.

As she fell asleep that night, Rosalía pictured herself in her favorite dress, holding Blanca in her arms.

Rosalía se dirigió rápidamente al granero cuando el sol se escondía tras la montaña. Lanzó un puñado de maíz al aire para su gallina, Blanca. Mientras Blanca se comía uno por uno los granos de maíz, Rosalía pensaba en el día siguiente, el día de San Francisco de Asís. Toda la gente en el valle iba a llevar sus animales de granja y sus mascotas a la capilla para la bendición anual. Rosalía estaba impaciente por llevar a Blanca a la capilla. La bendición protegería a Blanca de los malos espíritus de las enfermedades y de caer presa de coyotes y lobos.

Mientras se quedaba dormida esa noche, Rosalía se imaginaba con su mejor vestido, con Blanca en los brazos.

Early the next morning, Rosalía hurried home from the market with a basket of flowers. Glancing at the clock on the kitchen wall, she began to help Mamá make garlands for the animals.

Meanwhile, her brothers prepared their own pets for the blessing. Juan brushed Chico, his pony. Roberto bathed Perla, a baby lamb.

As Mamá began to pat dough into round tortillas she said, "Rosalía, you'd better get dressed. Aren't you taking your hen to the blessing?"

"*Sí*, Mamá!" she exclaimed.

A la mañana siguiente muy temprano, Rosalía se apresuró a volver a casa del mercado con una cesta de flores. Dándole un vistazo al reloj de la cocina, empezó a ayudar a su mamá a hacer las guirnaldas para los animales.

Mientras tanto, sus hermanos preparaban a sus propias mascotas para la bendición. Juan cepillaba a Chico, su poni. Roberto le daba un baño a Perla, una corderita.

Mientras su mamá empezaba a hacer las tortillas, le dijo: —Rosalía, deberías cambiarte de ropa. ¿No vas a llevar a tu gallina a la bendición?

—¡Sí, mamá! —exclamó Rosalía.

Rosalía dashed to her room and changed into her special dress. She braided pink ribbons into her hair, then ran to the barn to get her hen. "Blanca?" she called.

"*Mmm-oo-ooo,*" Pinta, the cow, answered. But there was no answer from Blanca.

Rosalía searched in the stable. She peeked under the gate and called again, "Blanca, where are you?"

"*Neeeiiigh,*" whinnied Marimba, the old mare.

But Blanca was nowhere in sight.

Rosalía ran outside. "Blanca! Blanca! Where are you?" she shouted across the garden of squash and beans.

Rosalía corrió a su cuarto y se puso su mejor vestido. Se trenzó en el pelo cintas rosadas y luego salió corriendo al granero para recoger a su gallina. —¡Blanca! —la llamó.

—Mmm-uu-uuu —contestó Pinta, la vaca. Pero no hubo respuesta de Blanca.

Rosalía buscó por todo el establo. Miró bajo la puerta y llamó otra vez: —Blanca, ¿dónde estás?

—Niiiii —relinchó Marimba, la vieja yegua.

Pero a Blanca no se la veía por ninguna parte.

Rosalía corrió afuera. —¡Blanca! ¡Blanca! ¿Dónde estás? —gritó hacia el huerto de calabazas y frijoles.

Mamá stepped out of the farmhouse. "What's the matter?" she asked.

"I can't find Blanca!" Rosalía cried.

"She's been hiding lately," Mamá said. "Let's find her before it gets too late."

Rosalía and her mamá searched above the rafters in the barn and around the farmhouse. They peered over the tile roofs and even beyond the windmill.

As the sun got closer to the mountain peak, Juan said, "It's almost five o'clock, Rosalía. We will be late for the blessing."

"I don't think you will find Blanca in time," Roberto said. "We have to leave right now."

Rosalía's heart began to pound faster. "Then Blanca will be left without a blessing," she said.

"I am afraid so," Mamá said. "We'll just have to wait until next year."

Su mamá salió de la casa. —¿Qué pasa? —preguntó.

—¡No encuentro a Blanca! —se lamentó Rosalía.

—Últimamente se esconde bastante —dijo su mamá—. Tenemos que encontrarla antes de que se haga demasiado tarde.

Rosalía y su mamá buscaron por encima de las vigas del granero y alrededor de la casa. Buscaron por encima de los techos y hasta más allá del molino.

Cuando el sol se acercaba al pico de la montaña, Juan dijo: —Ya son casi las cinco, Rosalía. Vamos a llegar tarde a la bendición.

—No creo que encuentres a Blanca a tiempo —dijo Roberto—. Tenemos que irnos ahora mismo.

El corazón de Rosalía comenzó a latir más deprisa. —Entonces Blanca se va a quedar sin recibir la bendición —dijo.

—Me temo que sí —dijo su mamá—. Parece que tendremos que esperar hasta el año entrante.

As her brothers hurried to the chapel with their pets, Rosalía followed Mamá back to the farmhouse.

Without the blessing, Blanca will be unprotected for a whole year, Rosalía thought sadly. Anything could happen—Blanca might become ill or fall prey to hungry predators.

Suddenly, Rosalía spotted something white on a patch of straw. "Look Mamá!" she exclaimed. "It's one of Blanca's feathers!"

"Lately she's been losing feathers," Mamá said.

Then Rosalía got an idea. She picked up the feather. "Will Padre Santiago bless Blanca's feather?" she asked.

"Maybe he will. But you'd better hurry before the blessing is over," Mamá said.

Mientras sus hermanos se iban deprisa con sus mascotas hacia la capilla, Rosalía siguió a su mamá de vuelta a la casa.

"Sin la bendición, Blanca se quedará sin protección por todo un año", pensó Rosalía con tristeza. "Le podría ocurrir cualquier cosa; se podría enfermar o caer en las garras de animales hambrientos".

De repente, Rosalía vio algo blanco entre un montoncito de paja. —¡Mira, mamá! —exclamó—. ¡Es una de las plumas de Blanca!

—Últimamente ha perdido algunas plumas —dijo su mamá.

Entonces Rosalía tuvo una idea. Recogió la pluma. —¿Bendecirá el padre Santiago la pluma de Blanca? —preguntó.

—A lo mejor, pero apúrate antes de que la bendición se termine —dijo su mamá.

Rosalía ran down the dirt road holding Blanca's feather. On the way she saw people already returning from the blessing with their animals wearing colorful garlands.

Señor Gregorio rode by on his horse, holding a baby goat in his arms. Señor Arturo and his son herded their piglet and cow. Others led calves or colts by a rope or carried puppies and kittens in their arms.

Rosalía finally caught up to her brothers. "Did you find Blanca?" Juan asked.

"No," Rosalía said. "But I'm bringing one of her feathers to the blessing."

"A feather?" Juan and Roberto laughed.

Rosalía corrió por el camino polvoriento con la pluma de Blanca en la mano. Por el camino vio gente que ya regresaba de la bendición con sus animales adornados de coloridas guirnaldas.

El señor Gregorio pasó montado en su caballo, con un chivito en los brazos. El señor Arturo y su hijo arreaban a su cerdito y su vaca. Otros llevaban terneros o potros amarrados de un lazo o cargaban cachorros y gatitos en sus brazos.

Rosalía alcanzó finalmente a sus hermanos. —¿Encontraste a Blanca? —le preguntó Juan.

—No —dijo Rosalía—. Pero traigo una de sus plumas para la bendición.

—¿Una pluma? —Juan y Roberto se echaron a reír.

Rosalía stopped in the middle of the road. She felt angry and sad at the same time. She felt like turning back, but remembered the danger Blanca would be in for a whole year. Instead, she hid the feather in her pocket just in case the others might also make fun of her and she kept walking.

On their way to the chapel, Rosalía thought about Padre Santiago in his long, black robe. Would he laugh at her too and refuse to bless Blanca's feather?

Rosalía se detuvo en medio del camino. Se sentía enojada y triste a la vez. Sintió deseos de regresarse, pero recordó del peligro en que estaría Blanca por todo un año. Entonces escondió la pluma en su bolsillo para que nadie más se burlara de ella, y siguió caminando.

De camino a la capilla, Rosalía pensó en el padre Santiago con su larga sotana negra. ¿Se reiría también de ella o se negaría a bendecir la pluma de Blanca?

When they arrived at the chapel in the main plaza, Rosalía saw that there were a few people still waiting in line. She was glad they hadn't missed the blessing after all.

Ahead of her, Señora Andrea held three kittens that crawled over her arms and shoulders. Looking down at Rosalía, Señora Andrea asked, "What did you bring to the blessing?"

"I brought a feather from my hen," Rosalía whispered.

"Just a feather?" Señora Andrea exclaimed.

"How silly to bring a feather to the blessing," giggled a girl as she stroked her dove, Chiquita.

"I'm sure Padre Santiago won't waste his time with a feather," snickered a boy carrying his parrot, Pancho.

Rosalía waited anxiously. When her turn finally came, she walked up to Padre Santiago.

Cuando llegaron a la capilla en la plaza principal, Rosalía vio que todavía había unas cuantas personas esperando en fila. Se alegró de que después de todo no se hubieran perdido la bendición.

Delante de ella, la señora Andrea sostenía a tres gatitos que se le trepaban por los brazos y los hombros. Dándole un vistazo, la señora Andrea le preguntó:

—¿Qué trajiste para la bendición?

—Yo traje una pluma de mi gallina —dijo Rosalía en voz baja.

—¿Sólo una pluma? —exclamó la señora Andrea.

—Qué tontería traer una pluma a la bendición —dijo una niña riéndose, mientras acariciaba a su paloma, Chiquita.

—Estoy seguro de que el padre Santiago no querrá perder su tiempo con una pluma —se burló un niño que cargaba a su loro, Pancho.

Rosalía esperó ansiosamente. Cuando por fin llegó su turno, se acercó al padre Santiago.

Padre Santiago stared at Rosalía's empty arms. Bending down he asked, "What shall I bless for you this year, young lady?"

Rosalía could hear giggling behind her. Blushing, she pulled the feather out of her pocket and whispered, "I couldn't find my hen. I only brought one of her feathers."

"A feather?" Padre Santiago asked and paused for a moment. Rosalía held her breath as she watched Padre Santiago stroke his chin. Suddenly he smiled. "That was a good idea," he said. "At least I can bless one of her feathers."

Rosalía's face brightened. "Thank you, Padre," she said with a big grin as she handed the padre Blanca's feather.

El padre Santiago se quedó mirando los brazos vacíos de Rosalía. Inclinándose hacia ella le preguntó: —¿Qué te voy a bendecir este año, jovencita?

Rosalía oyó unas risitas a su espalda. Sonrojándose, sacó la pluma de su bolsillo y susurró: —No pude encontrar a mi gallina. Sólo traje una de sus plumas.

—¿Una pluma? —preguntó el padre Santiago, y se detuvo por un momento. Rosalía contuvo la respiración mientras miraba al padre Santiago restregarse el mentón. De repente él sonrió. —Muy buena idea —dijo—. Por lo menos podré bendecir una de sus plumas.

La cara de Rosalía se iluminó. —Gracias, padre —dijo con una gran sonrisa mientras le entregaba al padre la pluma de Blanca.

While the others looked on, Padre Santiago reached into the bowl of holy water. Then, he carefully sprinkled the holy water on the feather. "When you find your hen, make sure to rub the feather on her head," he instructed Rosalía while handing her Blanca's feather.

Holding the precious feather, Rosalía followed her brothers home. As darkness began to fall over the mountains, she heard a coyote howling in the distance. Rosalía trembled. Had Blanca fallen prey to a hungry coyote?

Mientras los demás lo miraban, el padre Santiago metió la mano en la vasija del agua bendita. Luego roció cuidadosamente la pluma con el agua. —Cuando encuentres a tu gallina, restriégale la pluma en la cabeza —le dijo a Rosalía mientras le entregaba la pluma de Blanca.

Sosteniendo la valiosa pluma, Rosalía volvió a casa con sus hermanos. Mientras la oscuridad empezaba a envolver las montañas, oyó un coyote aullando en la distancia. Rosalía se estremeció. ¿Acaso Blanca había caído presa de un coyote hambriento?

It was almost dark when Rosalía and her brothers got home. Dashing into the kitchen she asked, "Mamá, have you seen Blanca?"

"No *mi'ja*," Mamá said softly.

"I'll never see Blanca again," Rosalía muttered. Sadly, she dragged herself across the patio. As she walked by the old clay oven, she suddenly heard the flapping of wings. Her heart began to pound. "Blanca?" she called, searching all around her.

Then Rosalía heard a familiar sound. *"Cluck, cluck,"* Blanca cackled as she sprang from the mouth of the oven.

"Oh, Blanca! You're safe!" Rosalía exclaimed with tears of joy streaming down her face. And to her great surprise, like a bouncing ball of feathers, a baby chick appeared behind Blanca. Then, one after another, a string of fluffy chicks sprouted from the hidden nest. *"Peep, peep,"* they twittered as they flapped their tiny wings around Blanca.

Ya casi había oscurecido cuando Rosalía y sus hermanos llegaron a casa. Entrando rápido a la cocina, Rosalía preguntó: —¿Mamá, encontraste a Blanca?

—No, mi'ja —dijo su mamá suavemente.

—Nunca más volveré a ver a Blanca —murmuró Rosalía. Tristemente atravesó el patio. Cuando pasaba junto al viejo horno de arcilla, de repente oyó un aleteo. Le dio un vuelco el corazón. —¿Blanca? —gritó, buscando por todas partes.

Luego, Rosalía escuchó un sonido familiar. —Cocorocó, cocorocó —cacareó Blanca mientras saltaba por la puerta del horno.

—¡Oh, Blanca! ¡Estás a salvo! —exclamó Rosalía con lágrimas de felicidad cayéndole por la cara. Y para su gran sorpresa, como una rebotona pelota de plumas, detrás de Blanca apareció un pollito. Luego, uno tras otro, una hilera de pollitos esponjosos surgió del nido escondido. —Pío, pío, —cantaron mientras batían sus alitas alrededor de Blanca.

Rosalía dried her tears with the back of one hand. Remembering Padre Santiago's words, she pulled the feather out of her pocket. As the stars began to twinkle in the sky, Rosalía rubbed the feather on Blanca's head. Then she also rubbed the feather on each of Blanca's chicks.

That night as she snuggled into bed, Rosalía sighed with relief knowing that Blanca and her hatchlings were at last protected.

Rosalía se secó las lágrimas con el dorso de la mano. Recordando las palabras del padre Santiago, sacó la pluma del bolsillo. Mientras las estrellas empezaban a brillar en el cielo, Rosalía restregó la pluma en la cabeza de Blanca. Luego restregó la pluma en cada uno de los pollitos.

Esa noche, mientras se arropaba en la cama, Rosalía suspiró con alivio, sabiendo que Blanca y sus polluelos estarían protegidos al fin.

About the Author

ANTONIO HERNÁNDEZ MADRIGAL was born and raised, the sixth of ten children, in a small village in the state of Michoacán, Mexico. He immigrated to the United States in 1976, learning to read and write English while he worked as a harvester in the fields of southern Arizona. Eventually, Antonio began traveling and working throughout the United States, finally settling in San Diego where he began to live out his dream of becoming a writer.

Antonio is the author of *The Eagle and the Rainbow: Timeless Tales from Mexico* (Fulcrum 1997) and *Erandi's Braids* (Putnam 1999), both illustrated by Tomie dePaola. Antonio currently lives in Carlsbad, California, where he spends time in the local schools working with children, particularly those of migrant and other minority groups.

Acerca del autor

ANTONIO HERNÁNDEZ MADRIGAL, *el sexto de diez hijos, nació y se crió en un pueblito del estado de Michoacán, México. Emigró a los Estados Unidos en 1976, aprendiendo a leer y a escribir en inglés mientras laboraba como trabajador migratorio en los campos del sur de Arizona. Con el paso del tiempo, Antonio empezó a viajar y a trabajar por los Estados Unidos, estableciéndose finalmente en San Diego donde logró su sueño de convertirse en escritor.*

Antonio es el autor de The Eagle and the Rainbow: Timeless Tales from Mexico *(Fulcrum 1997) y* Erandi's Braids *(Putnam 1999), ambos ilustrados por Tomie dePaola. Antonio vive actualmente en Carlsbad, California, donde dedica parte de su tiempo a trabajar con niños en las escuelas locales, particularmente con grupos de emigrantes y otras minorías.*

About the Illustrator

GERARDO SUZÁN, a national treasure of Mexico, has illustrated over fifty picture and juvenile books that have been published worldwide. He has participated in over sixty collective expositions in Mexico, the United States, Yugoslavia, the Czech Republic, and Slovakia, and he has won many international awards. Gerardo says he likes working on picture books for children because he enjoys creating scenes that connect with reality, but at the same time portray a whimsical element of fantasy. Gerardo lives in the state of Coahuila, Mexico.

Acerca del ilustrador

GERARDO SUZÁN, un tesoro nacional de México, ha ilustrado más de cincuenta libros infantiles y juveniles que se han publicado en todo el mundo. Ha participado en más de sesenta exposiciones colectivas en México, Estados Unidos, Yugoslavia, la República Checa y Eslovaquia, y ha ganado muchos premios internacionales. Gerardo afirma que le gusta trabajar en libros para niños porque disfruta creando escenas reales que al mismo tiempo expresen el elemento mágico de la fantasía. Gerardo vive en el estado de Coahuila, México.